César Chávez?

Dana Meachen Rau

ilustraciones de Ted Hammond

traducción de Yanitzia Canetti

Penguin Workshop

Para los maestros de todo el mundo—DMR

Para mamá—TH

PENGUIN WORKSHOP
Un sello editorial de Penguin Random House LLC
1745 Broadway, New York, New York 10019

Publicado por primera vez en los Estados Unidos de América por Penguin Workshop,
un sello editorial de Penguin Random House LLC, 2017

Edición en español publicada por Penguin Workshop, un sello editorial
de Penguin Random House LLC, 2024

Traducción al español de Yanitzia Canetti

Visítanos en línea: penguinrandomhouse.com.

Los datos de Catalogación en Publicación de la Biblioteca del Congreso están disponibles.

Impreso en los Estados Unidos de América

ISBN 9780593754702   10 9 8 7 6 5 4 3 2 1 CJKW

Contenido

¿Quién fue César Chávez?

El viejo teatro de Fresno, California, bullía de gente. Los trabajadores agrícolas y sus familias celebraban la primera reunión de la Asociación Nacional de Trabajadores Agrícolas (NFWA). César Chávez se paró en el escenario. Era tímido

y no era un buen orador. Pero su cálida sonrisa y sus modales amistosos hacían que la gente lo escuchara. Había iniciado este sindicato, un grupo organizado para proteger los derechos de los trabajadores agrícolas, incluidos muchos mexicoamericanos o chicanos, que vivían en la pobreza y eran tratados injustamente en sus trabajos.

El 30 de septiembre de 1962 comenzó algo más que un sindicato de trabajadores agrícolas. Comenzó un Movimiento: un grupo de personas que comparten una idea y trabajan para lograr un cambio. César había trabajado en el campo. Había visto sufrir a su propia familia, y a muchas otras, para ganar suficiente dinero para sobrevivir. Buscaba un futuro mejor para todos los trabajadores agrícolas.

Muchas cosas se decidieron en la primera reunión de la NFWA. Se eligieron funcionarios y se discutieron planes futuros. Se develó su bandera: un águila negra en un círculo blanco sobre un fondo rojo. El color negro por la dura vida de los trabajadores, el rojo por los sacrificios que tenían que hacer y el blanco por la esperanza.

En el encuentro, también acordaron su lema: ¡Viva la causa!

César había trabajado duro para poner en marcha el sindicato, y aún quedaba una larga batalla por delante. Pero era un hombre decidido. Creía en el trabajo duro. Creía en sacrificar tiempo y dinero para ayudar a los demás. Creía en protestar pacíficamente en lugar de usar la violencia.

César encabezó un Movimiento que trajo grandes cambios a la vida de los trabajadores agrícolas. También cambió la forma en que se veía a los chicanos en EE. UU. Con la guía de César, se unieron, exigieron atención. Estados Unidos ya no podía ignorarlos.

CAPÍTULO 1
El rancho de Arizona

Cesario Estrada Chávez nació el 31 de marzo de 1927. Su familia vivía en las afueras de la ciudad de Yuma, en el desierto de Arizona. Mamá Tella y Papá Chayo, los abuelos de César, habían llegado a EE. UU. desde México. Se habían establecido cerca de Yuma a finales del siglo XVIII, compraron tierras y fundaron un rancho.

Papá Chayo murió antes de que César naciera, pero su abuela aún vivía en la casa principal de adobe. César, sus padres, Librado y Juana, y sus hermanos y hermanas, también vivían en el rancho.

César era el segundo de 6 hijos: la hermana mayor, Rita, y sus hermanos menores, Richard,

Helena, Vicky y Lenny. Lamentablemente, Helena murió cuando era solo una bebé. Al principio, la familia vivía en una habitación fuera de la casa principal. Poseían solo unos pocos muebles. No tenían electricidad ni agua corriente. Cuando su techo comenzó a gotear, la familia se mudó a una cabaña en el gran rancho.

César y su hermano Richard pasaban su tiempo explorando, haciendo senderismo y jugando al aire libre. Nadaban en el canal que llevaba agua a los cultivos de alfalfa, sandía, pasto y algodón que crecían en los campos. Montaban a caballo y trepaban a los árboles. La familia se reunía para hacer barbacoas en las noches de verano con las tías, tíos y primos de César que vivían cerca.

Pero los muchachos también tenían sus tareas. El padre de César les enseñó a cortar leña, a trabajar con los caballos, a desyerbar los cultivos y a cosechar las sandías. Librado era estricto, pero paciente, y compartía sus habilidades agrícolas con sus hijos.

La madre de César, Juana, quería que sus hijos crecieran y fueran buenas personas. Les enseñó a compartir con los demás sin esperar nada a cambio. Y no creía en las peleas ni en la violencia. César recordaría una de sus frases a lo largo de su vida: "Se necesitan dos para pelear, y uno no puede hacerlo solo". En otras palabras, incluso si alguien quiere pelear contigo, tienes la opción de alejarte.

La familia Chávez era católica, pero no había una iglesia cerca. Así que Juana y Mamá Tella enseñaron a los niños su religión en casa. Se reunían alrededor de la cama de su abuela para escuchar historias de los santos. Las historias de estas personas santas que habían vivido muy buenas vidas impresionaron a César.

En 1929, muchos bancos y empresas estadounidenses cerraron. Millones de personas perdieron sus empleos y quedaron en la pobreza. Esto se conoció como la Gran Depresión. Durante

la Gran Depresión, era muy difícil encontrar trabajo. Sin embargo, la familia Chávez no sufrió tanto como muchos otros. Su arduo trabajo en el rancho les proporcionaba alimentos: cultivos de frutas y verduras, pescado del canal, huevos y carne de las gallinas, y leche y queso de las vacas. Juana, con su corazón generoso, incluso invitaba a comer a los menos afortunados.

Cuando César tenía 6 años, comenzó a asistir a la escuela. Pero la maestra no dejó que César se sentara al lado de su hermana, Rita. Ella le pidió que se sentara con los otros niños de primer grado. Lloró e insistió en sentarse al lado de Rita y la maestra finalmente cedió. Después de unos días, César se sintió listo para sentarse con sus otros compañeros de primer grado.

Pero a César nunca le gustó la escuela. ¡Prefería estar afuera en el rancho, donde no lo obligaban a usar zapatos! En la escuela, también descubrió lo poco amables que eran algunos blancos con los

mexicoamericanos. Los compañeros de César se burlaban de su piel morena y lo llamaban "sucio". Intentaron iniciar peleas con él. César siempre hablaba español en su casa. Pero su maestra lo golpeaba en los nudillos con una regla si lo escuchaba hablar español en el salón de clases.

En ese momento, más de 1,5 millones de mexicanos vivían en EE. UU. Muchos habían llegado a principios de 1900 en busca de trabajo, y había muchos trabajos. Pero durante la Gran Depresión, los empleos escaseaban y los blancos culpaban a los mexicanos de quitarles su trabajo. Algunos fueron deportados a México, ¡incluso siendo ciudadanos estadounidenses! Los que se quedaron se enfrentaron al racismo en sus comunidades.

A pesar de que la familia Chávez tuvo más suerte que muchas otras durante la Gran Depresión, en 1933 el rancho estaba en problemas. Arizona sufría una gran sequía y no llovía. El canal estaba seco y la tierra de los campos estaba agrietada. Ningún cultivo crecería. La familia no podría pagar sus cuentas.

Estados Unidos y México

El territorio que ahora es California, Nevada, Utah y partes de Arizona, Colorado, Nuevo México y Wyoming, pertenecía a México. En 1848, México se lo

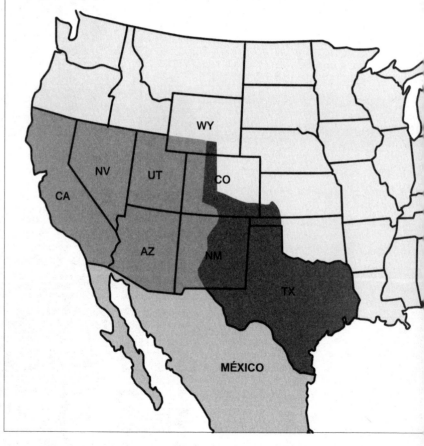

vendió a Estados Unidos por 15 millones de dólares y los mexicanos que vivían allí se convirtieron en ciudadanos estadounidenses.

Durante la Revolución Mexicana de 1910 a 1920, muchos más mexicanos huyeron a los EE. UU. con la esperanza de una vida mejor. Estados Unidos aceptó a estos nuevos inmigrantes porque necesitaban trabajadores para muchas industrias, como la agricultura, la minería, la construcción y el transporte.

Aunque los mexicoamericanos realizaban muchos de los trabajos más difíciles, los pueblos y ciudades donde vivían fueron segregados por muchos años. Había tiendas, restaurantes y escuelas para los mexicanos y negocios y escuelas separadas para los blancos.

Territorio mexicano anexado en 1845

Territorios que perdió México entre 1848 y 1853

Cientos de miles de estadounidenses habían perdido sus empleos y se dirigían a California en busca de trabajo. California estaba sufriendo la Gran Depresión también, pero

allí no había sequía. Y como las tierras de cultivo de este estado son muy fértiles, se necesitaban trabajadores para recoger las cosechas de tomates, lechugas, uvas, aguacates, fresas, guisantes, cerezas y maíz. Por eso, en 1938, el padre de César se dirigió a California, con la esperanza de ganar suficiente para mantener a su familia y salvar el rancho.

CAPÍTULO 2
Trabajo duro por poca paga

El padre de César, Librado, encontró trabajo en los campos de frijoles de Oxnard, California. Poco después, trajo a su familia a vivir con él. Se mudaron a una casita vieja con una cerca maltrecha en un barrio mexicano densamente poblado. Los niños iban a la escuela solo por la mañana y ayudaban a sus padres por la tarde.

César extrañaba los espacios abiertos de su casa en Arizona. "Era como un pato salvaje con las alas cortadas", dijo. "Me sentía atrapado". Después de poco más de un mes, regresaron a Yuma. Librado se esforzó por mantener el rancho, pero no pudo lograrlo. Así que la familia Chávez se mudó a California definitivamente en junio de 1939. César tenía 12 años.

En California, la mayoría de las granjas eran propiedad de terratenientes ricos que vendían sus cosechas a grandes corporaciones. Empleaban a miles de personas para trabajar en sus campos. A estos trabajadores se les llamaba migrantes, porque se mudaban de pueblo en pueblo en el sur y centro de California de acuerdo con las temporadas de cultivo. El verano era el de más trabajo, pues recogían: habas, aguacates, maíz, chiles, uvas y tomates. En el otoño recogían algodón. En invierno y principios de primavera, recogían zanahorias, coliflores, brócolis y repollos.

La primavera era la época de los melones, los frijoles y las cerezas.

Los trabajadores migrantes trabajaban duro. Pero los patronos no eran justos con ellos. Les pagaban tarde, y a veces no les pagaban. Para ganar suficiente para mantener la familia, Librado, Juana, César y la mayoría de sus hermanos también trabajaban. ¡Pero algunos días, todos juntos ganaban solo 30 centavos! Los patronos contaban mal sus sacos de papas o les pesaban mal el algodón en la balanza a propósito. A veces se negaban a pagarles lo que habían prometido.

El trabajo agrícola era difícil e insalubre. Los patronos no les daban agua a sus trabajadores, ni siquiera durante el verano. Los campos no tenían baños cerca, por lo que tenían que usar los campos en los que trabajaban. En invierno, el suelo estaba frío y resbaladizo por el barro. Las azadas de mango corto, o cortitos, les afectaban mucho la espalda cuando se doblaban para usarlas. Incluso respirar era peligroso. Los trabajadores agrícolas a menudo inhalaban pesticidas, químicos venenosos usados para matar insectos.

Esta no era la vida que las familias habían imaginado cuando llegaron a California. Tenían la esperanza de encontrar trabajo, respeto, y un futuro mejor. Lo que ganaban era apenas suficiente para pagar comida, gasolina y alquiler. Estaban constantemente en movimiento buscando cosechas listas para recoger, solo para ganar suficiente para sobrevivir.

A los patronos de California no les importaba tratar bien a sus empleados. Si alguien se quejaba, simplemente contrataban a otro para que ocupara su

lugar. No solo mexicanos, sino también filipinos y otros asiáticos, afroamericanos y blancos pobres constituían los 300 000 estadounidenses que se habían reasentado en California para trabajar en los campos. Muchos no hablaban inglés ni sabían leer porque no tenían tiempo para ir a la escuela.

Los patronos ricos, en su mayoría blancos, tenían todo el poder y podían aprovecharse fácilmente de ellos.

Algunas granjas ofrecían campamentos para vivir. Siempre estaban repletos y sucios, con cientos de personas durmiendo en tiendas de campaña. A menudo, tenían un grifo de agua para 50 familias o más. Las enfermedades se propagaban fácilmente. Juana no quería vivir con su familia en los campamentos. Buscaron otros lugares como: graneros, chozas, garajes e incluso su automóvil. Pasaron un invierno en Oxnard en

una tienda de campaña que se encharcaba con la lluvia. No siempre tenían comida, por lo que recolectaban hojas de mostaza cerca de los canales donde pescaban para comer.

Incluso cuando estaban en un pueblo solo por unos días, Juana insistía en que sus hijos fueran

a la escuela. Los niños se burlaban de César por ser tan pobre y por usar la misma camisa todos los días. Se burlaban de su acento mexicano. Si lo provocaban para que peleara, César recordaba las lecciones de su madre y se alejaba. Pasaba sus días en la escuela temeroso de su maestra y de los otros estudiantes.

El racismo contra los mexicoamericanos no solo ocurría en la escuela. César vio la segregación en las comunidades donde vivían. En las tiendas habían letreros que decían: "Solo blancos. No mexicanos". En las piscinas públicas solo permitían que las personas no blancas nadaran ciertos días de la semana. Los teatros reservaban los mejores asientos para los blancos.

Cuando César terminó el octavo grado, ¡había asistido a más de treinta escuelas diferentes! Se negó a continuar en la escuela secundaria. Su familia lo necesitaba, por lo que comenzó a trabajar en el campo a tiempo completo cuando solo tenía quince años.

CAPÍTULO 3
Se convierte en líder

En 1943, cuando César tenía dieciséis años, entró a una tienda en Delano. Allí vio a una joven con flores en el pelo que se tomaba un helado con sus amigos. Su nombre era Helen Fabela. Ella sí había asistido a la escuela secundaria y también había trabajado en los campos de California en sus días libres. César y Helen comenzaron a salir.

Pero luego César decidió tomar un descanso de los campos. Se unió a la marina y abandonó California. La Segunda

Helen Fabela

Guerra Mundial había terminado, pero la marina parecía una buena oportunidad para César. Sirvió en Saipán y Guam, dos islas en el Océano Pacífico occidental. Era un marinero de bajo rango y no le gustaba la vida en la marina. No le agradaba recibir órdenes.

Después de dos años, César regresó a California. En 1948, él y Helen se casaron. César realizó trabajos muy diversos mientras su familia crecía. Cuando tenía veintitrés años él y Helen ya tenían tres hijos. Luego encontró un trabajo clasificando y apilando madera en un aserradero en la ciudad de San José. Se mudaron a un barrio pobre en el lado este de la ciudad llamado Sal Si Puedes.

Allí en San José, César conoció al Padre Donald McDonnell. Era un sacerdote católico que le habló sobre el derecho que todos tenían, incluidos los trabajadores agrícolas, a ser tratados de manera justa y con respeto. McDonnell compartió sus libros con él. César se interesó en Gandhi, un líder político de la India que creía en la paz y no en la violencia.

Mahatma (Mohandas) Gandhi (1869-1948)

Mohandas Gandhi nació en el oeste de la India y estudió derecho en Londres. Se interesó en la lucha por los derechos civiles mientras trabajaba como abogado en Sudáfrica.

De regreso a la India, Gandhi trabajó duro para liberar a su patria del dominio británico. Lo llamaban "Mahatma", que significa sabio y santo. Pero no luchaba con las armas, sino con el amor y la bondad. Luchaba contra las leyes injustas, pero siempre enfrentaba a sus enemigos pacíficamente. Gandhi demostró que la resistencia pacífica puede ser una fuerza poderosa para el cambio.

Gandhi es conocido como el "padre de la nación" en la India.

En 1952, Fred Ross llegó a Sal si Puedes. Era uno de los fundadores de la Organización de Servicios a la Comunidad (CSO) en Los Ángeles, que combatía el racismo contra los mexicoamericanos, por parte de: la policía, las escuelas, los patronos y el gobierno.

Fred Ross

Él quería ampliar la CSO en las comunidades mexicoamericanas de California. Al principio, César no confiaba en Fred, pues era un hombre blanco. ¿Cómo iba a saber de los problemas de los mexicoamericanos? Pero se dio cuenta de que Fred sí creía en la justicia y quería ayudar a los demás. Y Fred quedó impresionado con César. Buscaba voluntarios para trabajar en la CSO. Y César estaba ansioso por ayudar.

Fred le dio a César su primera tarea: pedirle a la gente de los barrios que se registraran para votar. La CSO creía que mientras más mexicoamericanos votaran en las elecciones por sus líderes, sus derechos civiles, sus derechos como ciudadanos de EE. UU., estarían protegidos. Fred estimaba

que California tenía la cuarta parte de todos los mexicanos que vivían en los EE. UU. No todos los mexicanos de los barrios eran ciudadanos estadounidenses. Así que, además de registrar a las personas, César también ayudó a organizar clases de ciudadanía para ellos.

A César lo ponía nervioso llamar a las puertas de extraños. Era un hombre pequeño y de voz suave, y pronto se ganó la confianza de todos. Enseguida se dio cuenta de lo importante que era la labor de la CSO.

César tenía mucho trabajo. En 1952, él y Helen tenían 4 hijos, todos de tres años o menos. Era voluntario de la CSO en una oficina en San José que también servía como centro comunitario para mexicoamericanos. César se frustraba con todas las historias que escuchaba de la gente del centro comunitario. Algunos habían sido golpeados por la policía o corrían peligro de ser deportados. Él los ayudaba lo mejor que podía.

César tenía solo veintitantos años, pero ya era un líder destacado entre los mexicoamericanos y trabajadores agrícolas. Se convirtió en empleado a tiempo completo de la CSO. Ahora, su trabajo iba más allá de su comunidad y se extendía a todo California. Al principio celebraba pequeñas reuniones con los mexicoamericanos en sus propias casas. Las reuniones se hicieron más concurridas a medida que crecía el interés. Encontró muchos voluntarios para ayudar. Una vez que una etapa de la CSO estaba funcionando, se movía a otra ciudad.

En 1958, César descubrió que uno de los problemas que enfrentaban los trabajadores agrícolas era el programa bracero. Los patrones traían trabajadores temporales de México para los trabajos que legalmente pertenecían a ciudadanos estadounidenses (en su mayoría mexicoamericanos) que vivían en California.

César pidió una investigación del gobierno. Estaba decidido a demostrar que los patronos estaban violando la ley.

Los jefes de César en la CSO reconocieron el gran líder en que se había convertido. Había ayudado a registrar a decenas de miles de nuevos votantes. Había unido a la comunidad

mexicoamericana. Así que en 1959, la CSO nombró a Cesar su director nacional. Él, Helen y sus ocho hijos se mudaron a Los Ángeles. César estaría a cargo de dirigir las Organizaciones de Servicio Comunitario en todo California y Arizona.

Braceros

Durante la Segunda Guerra Mundial (1939-1945), el gobierno de los EE. UU. promulgó una ley que permitía a los granjeros traer trabajadores temporales de México para recoger sus cosechas. Los puestos de trabajo estaban disponibles porque muchos de los empleados locales estaban en la guerra. A los mexicanos que ocupaban estos puestos de trabajo se les llamaba braceros.

Después de la guerra, muchos granjeros todavía usaban braceros. Les pagaban muy poco y los alojaban en campamentos sucios, hacinados y peligrosos. Los braceros no tenían protección legal porque no eran ciudadanos. Podían ser enviados de regreso a México en cualquier momento.

El sistema bracero solo ayudaba a los terratenientes. Era injusto tanto para los trabajadores agrícolas estadounidenses como para los braceros.

CAPÍTULO 4
La NFWA

A principios de la década de los sesenta, los inmigrantes luchaban constantemente por encontrar trabajo. Muchos ganaban solo unos $1000 al año, con lo que era imposible vivir. El trabajo que realizaban era peligroso. Los terratenientes y los granjeros los trataban con muy poca estima como seres humanos.

César quería organizar a los trabajadores agrícolas en un sindicato para negociar con los empleadores sobre las terribles condiciones de trabajo de los migrantes. En la década de los sesenta existían muchos sindicatos, entre ellos: el de los almaceneros, los maestros, los bomberos, los mineros, los camioneros y otros. César sintió que un sindicato de trabajadores agrícolas podría negociar mejores salarios y condiciones de trabajo más seguras con los patronos.

En 1962, después de unos años como director, César renunció a la CSO y regresó a Delano con su familia. Quería fundar un sindicato de trabajadores agrícolas en sus propios términos. Sus parientes todavía vivían allí y podían ayudarlo económicamente. Él y Helen tenían muy poco dinero ahorrado. Así que Helen recogió cosechas en los campos y César aceptó trabajos ocasionales, ya fuera en los campos o construyendo casas con su hermano Richard, que era carpintero.

César pasaba mucho tiempo viajando de pueblo en pueblo en el Valle de San Joaquín, alrededor de Delano, para hablar con los trabajadores migrantes. Celebraba reuniones en sus casas y escuchaba sus problemas.

César planeaba fundar el sindicato de los agricultores paso a paso. Pero muchos no creían que los patronos escucharían sus demandas. Y temían afiliarse a un sindicato.

Los trabajadores agrícolas estaban nerviosos porque sus patronos tenían mucho poder y dinero. Cuando los habían enfrentado antes, habían sido golpeados, despedidos, encarcelados o deportados. César trató de mantener las reuniones en secreto. No quería que los patronos castigaran a los trabajadores simplemente por pensar en formar un sindicato.

César incluso trató de no llamar sindicato a su organización. Lo llamó un Movimiento y esperaba que trajera grandes cambios en el trato a la gente pobre y trabajadora. Pero César no podía hacer un trabajo tan grande solo. Trabajó con Dolores Huerta, una mujer a la que había conocido a través de la CSO.

César era tranquilo y amigable, mientras que Dolores era más directa. Hicieron una buena pareja. Los primos de César, Manuel y Richard, también ayudaron a César a imprimir volantes sobre el sindicato y los repartieron con la ayuda de sus hijos, sobrinas y sobrinos. En todo el proceso, recibió consejos de Fred Ross. César se rodeó de personas en las que confiaba y que querían donar su tiempo y su dinero. Personas que creían que era necesario un cambio en el trato a los trabajadores agrícolas en EE. UU.

Dolores Huerta (1930-)

Dolores Clara Fernández Huerta se crio en Stockton, California. Desde niña, se interesó por los derechos de todas las personas a ser tratadas de manera justa e igualitaria. Dolores dirigió la sección de Stockton de la Organización de Servicio Comunitario en 1955. Y en 1962, cofundó la Asociación Nacional de Trabajadores Agrícolas con César Chávez.

En 2012, Dolores fue galardonada con la Medalla Presidencial de la Libertad por el presidente Barack Obama. Ella continúa defendiendo los derechos de los trabajadores, las mujeres y los niños.

Nombraron a su sindicato Asociación Nacional de Trabajadores Agrícolas (NFWA, por sus siglas en inglés). Los miembros pagaban cuotas mensuales que mantenían el sindicato en marcha. César trabajaba en la oficina de su casa haciendo llamadas y escribiendo cartas. Dolores y Manuel iban al campo a hablar con los trabajadores agrícolas. Helen Chávez llevaba la contabilidad. A veces, unir a tanta gente parecía

una tarea imposible. Pero César tenía fe en que se podía lograr. "El deseo de ganar tiene que ser muy fuerte", dijo, "o de lo contrario no puedes lograrlo".

Después de 6 meses, la NFWA tenía suficientes miembros para celebrar una gran reunión. Unos 150 miembros y sus familias se reunieron el 30 de

septiembre de 1962 en la ciudad de Fresno. Juntos decidieron que su primer objetivo sería intentar que el gobernador de California estableciera un salario mínimo para los trabajadores. El salario mínimo es la mínima cantidad que tiene que pagar el patrón a sus obreros por hora de trabajo. Y la NFWA quería tener voz y voto en lo que sería ese salario. En la reunión, develaron su nueva bandera con el símbolo de un águila. Eligieron el águila azteca, porque representa el coraje y la fuerza. Todos gritaron el lema de la NFWA: ¡Viva la causa! ¡Viva la causa!

A medida que el sindicato crecía, Ricardo arregló una vieja iglesia en Delano como la nueva oficina de NFWA. El sindicato fundó un periódico llamado El Malcriado. El nombre significaba "el que responde" y a veces se refiere a los niños con malos modales. La NFWA estaba lista para "responder" a sus patronos sobre la manera injusta en que eran tratados en el campo. Dado que muchos trabajadores agrícolas no sabían leer, los dibujos animados jugaron un papel importante al comunicar

el mensaje de la NFWA: los patronos abusan de los trabajadores y el sindicato podría ayudar a luchar contra ellos. Vendieron su periódico en las bodegas de comestibles del barrio por diez centavos.

La huelga era una de las mejores herramientas que los sindicatos podían utilizar contra los injustos patronos. Durante una huelga, los trabajadores se negarían a recoger las cosechas. Querían presionar a sus jefes para que negociaran con ellos. Marchaban con pancartas, en grupos pequeños llamados piquetes, para dar a conocer sus demandas. César hubiera querido que el sindicato tuviera más miembros antes de pedirles que dejaran de trabajar y lanzar una huelga importante. Pero no pudo aguantar la huelga mucho más tiempo.

Larry Itliong

Otro sindicato, compuesto en su mayoría por trabajadores filipinos planeaba una huelga contra los viticultores de Delano que se negaban a pagarles el mismo salario que habían recibido de otros patronos. Larry Itliong era el líder del Comité Organizador de Trabajadores Agrícolas (AWOC, por sus siglas en inglés) en Delano. Él le pidió a la NFWA que se uniera a ellos en la huelga. Si los dos sindicatos trabajaban juntos, serían más fuertes y podrían obtener mejores resultados.

Al principio, César no estaba seguro de que su grupo estuviera listo. Solo tenían un poco más de mil miembros. Pero se dio cuenta de que una huelga era la única manera de conseguir que los patronos escucharan. Y de que, si hacía todo lo posible por difundir la noticia de la huelga más allá de Delano, podría llamar la atención sobre los problemas que enfrentaban los trabajadores agrícolas. Entonces la NFWA se unió a la AWOC en su huelga contra los viticultores de Delano.

CAPÍTULO 5
Negarse a ser ignorado

El 20 de septiembre de 1965, los miembros del sindicato de la NFWA no fueron a trabajar. Se unieron a los miembros del AWOC y formaron piquetes en las carreteras a lo largo de los campos de uva, (viñedos). Llevaban carteles que decían "¡Huelga!". Coreaban "¡Huelga! ¡Huelga! ¡Huelga!". Y les gritaban a los trabajadores que aún estaban en el campo que se unieran a ellos.

Pasaron los días y las semanas. Los patronos se molestaron mucho por haber perdido tantos trabajadores. Les sorprendió que un mexicoamericano pobre como César fuera lo suficientemente valiente e inteligente como para causar tal impacto. Les ponían música a todo volumen para ahogar los gritos de los huelguistas. Les echaron sus perros, los rociaron con pesticidas y los amenazaron con armas de fuego.

La policía no hacía nada para ayudar, estaba de parte de los patronos y hostigaba a los huelguistas. En octubre, el alguacil del condado declaró ilegal la palabra huelga. Dijo que el ruido molestaba a los trabajadores que aún estaban en los campos. Un grupo, entre los que estaba Helen, siguió gritando "¡Huelga!". Fueron arrestados y encarcelados. A pesar de todo, César insistió en que se mantuvieran pacíficos y no se defendieran. "La violencia solo puede hacernos daño a nosotros y a nuestra causa", decía.

Como esperaba César, la huelga atrajo la atención de personas fuera del área de Delano. Llegaron periodistas de otras ciudades para reportar lo que sucedía. César habló en universidades para conseguir voluntarios para apoyar su huelga.

Pronto estudiantes, líderes religiosos, abogados, funcionarios del gobierno y sindicatos nacionales los apoyaron. César estaba contento. "Es increíble que todos trabajemos juntos. Ese es el milagro de todo esto", dijo. Los voluntarios donaron tiempo, dinero, alimentos y ropa. Algunos marcharon con ellos en los piquetes.

Era muy difícil para los trabajadores mantenerse en huelga, pues no ganaban y no podían pagar sus facturas. Algunos buscaron trabajo en otros lugares. Algunos cambiaron de cultivo y se fueron con otros patronos. Algunos incluso volvieron a trabajar para los viticultores. Pero los que se quedaron en la huelga creyeron que valía la pena luchar por su objetivo.

Para evitar que sus uvas se pudrieran en las vides, los patronos trajeron recolectores de fuera del Valle de San Joaquín. Venían de México y de los barrios pobres de la ciudad de Los Ángeles. Luego llegó el invierno y los patronos ni siquiera necesitaban trabajadores. La huelga parecía estar perdiendo su energía.

Entonces, César decidió afectar a los patronos de otra forma. Envió voluntarios para bloquear las entregas de uva en los muelles de carga de Los Ángeles y San Francisco. No quería que las uvas recogidas llegaran a las bodegas ni a los mercados. También le pidió a la gente que boicoteara, (se negara a comprar), uvas de empresas que fueran injustas con sus trabajadores.

Las noticias de la situación en Delano llegaron al gobierno de EE. UU. en Washington, DC. Algunos miembros del Congreso ya trabajaban para cambiar la Ley Nacional de Relaciones Laborales para ayudar a los trabajadores agrícolas. Esta Ley fue aprobada en 1935 para otorgar a los empleados de muchas industrias el derecho a formar sindicatos que protegieran sus derechos a salarios justos y lugares de trabajo seguros. Pero no incluía a los agricultores.

El 14 de marzo de 1966, el senador Robert F. Kennedy y otros miembros del Congreso llegaron a Delano para discutir el tema. El comité interrogó al *sheriff*, que había arrestado a huelguistas que no habían infringido ninguna ley. ¡El senador Kennedy lo reprendió y le dijo que se tomara un tiempo durante su hora de almuerzo para leer la Constitución de los EE. UU.!

La huelga se prolongó unos seis meses. No se necesitarían trabajadores en los viñedos durante meses, por lo que César buscó la manera de mantener la atención de todos. Quería recordarle al país que la huelga seguía en marcha en Delano. Decidió encabezar una marcha a Sacramento, la capital de California.

César creía que una marcha de muchas personas llamaría más la atención sobre la huelga. Uniría a los trabajadores agrícolas. Y ayudaría a crecer el sindicato al atraer aún más miembros a medida que pasaban por los barrios a lo largo de la ruta de Delano a Sacramento. Esperaba que cuando llegara al Capitolio, el gobernador

Pat Brown estuviera dispuesto a hablar con él sobre la importancia de hacer que los viticultores reconocieran a sus sindicatos de trabajadores.

Alrededor de 70 personas, incluyendo miembros de la NFWA y la AWOC, comenzaron la marcha el 17 de marzo de 1966. Pero se enfrentaron a problemas incluso antes de salir de Delano. El jefe de la policía con unos 30 agentes bloquearon la calle. César les dijo: "Nos quedaremos aquí aunque tarde un año". La policía finalmente cedió y dejó pasar a los manifestantes.

La caminata de 300 millas desde Delano hasta Sacramento duró 25 días. Muy pronto, la piernas de César comenzaron a hincharse. Le dolía la espalda y tenía fiebre, pero siguió caminando.

Mientras los manifestantes marchaban hacia la capital, los trabajadores abandonaban los campos para unirse a ellos. En los pueblos, los recibían con vítores, música, comida y lugares para dormir. Los reporteros los siguieron, y la noticia apareció en periódicos de todo el país.

Cuando faltaba una semana para llegar a Sacramento, uno de los voluntarios de César le trajo algunas noticias. *Schenley Industries*, uno de los principales productores de uva, quería reunirse con él. La huelga y el boicot estaban perjudicando el negocio de Schenley. ¡La empresa estaba dispuesta a firmar un contrato para reconocer a los sindicatos! Los patronos estaban dispuestos a negociar mejores salarios y condiciones para los trabajadores.

Los manifestantes llegaron a Sacramento el domingo de Pascua, 10 de abril. Una multitud de más de 8000 simpatizantes se reunió en el parque frente al edificio del Capitolio. El gobernador estaba de vacaciones. Cuando accedió a reunirse con César al día siguiente, César se negó. Quería demostrarle al gobernador que estaba harto de sus

excusas. César, Dolores y otros le hablaron a la multitud sobre sus esperanzas para el futuro del movimiento.

En agosto de 1966, la NFWA se hizo aún más fuerte cuando Larry Itliong y Cesar fusionaron sus dos sindicatos en uno solo y lo llamaron Comité Organizador de Trabajadores Agrícolas Unidos (UFWOC). Más tarde ese año, para mostrar su apoyo a los éxitos del sindicato, el reverendo Martin Luther King Jr. le envió a César un telegrama que decía: "Nuestras luchas separadas

Martin Luther King Jr. (1929-1968)

Martin Luther King fue un ministro bautista y líder del movimiento por los derechos civiles de los afroamericanos. Encabezó muchas marchas y protestas pacíficas para denunciar el trato injusto a los negros en el sur. En 1963, organizó la Marcha sobre Washington, donde pronunció su famoso discurso "Tengo un sueño". En 1964 recibió el Premio Nobel de la Paz. Fue asesinado el 4 de abril de 1968 en Memphis, Tennessee.

son realmente una: una lucha por la libertad, por la dignidad y por la humanidad".

En el verano de 1967, la huelga de la uva finalizaba su segundo año de duración. El sindicato había firmado contratos con algunos de los productores de uva de Delano, pero todavía había cientos de miles de trabajadores agrícolas que no estaban protegidos. Como siempre, César estaba decidido a continuar la lucha.

CAPÍTULO 6
Fin de la Gran Huelga de la Uva

César creía que las acciones pacíficas eran más poderosas que la violencia. Pero no todos los miembros del sindicato pensaban igual que él. Estaban frustrados porque la huelga duraba mucho tiempo. Y aunque el sindicato trató de cubrirles sus necesidades, seguían viviendo en la pobreza. Algunos miembros del sindicato destruyeron viñedos o amenazaron a los trabajadores en los campos para llamar la atención de sus jefes.

César sabía que la violencia dañaría la forma en que la gente veía al sindicato. Pensó en Gandhi y en los métodos que utilizó para lograr el cambio en la India. Gandhi, a menudo, dejaba de comer, para llamar la atención. Entonces, César decidió hacer lo mismo. Dejó de comer el 15 de febrero de

1968 y planeaba ayunar hasta que los miembros de la UFWOC descontentos dejaran de usar la violencia contra los agricultores. Su intención era recordarles a los miembros del sindicato los sacrificios de tiempo, dinero y energía que tenían que hacer para mantener fuerte a su comunidad y al sindicato en marcha.

Durante el ayuno, César se quedó en la nueva sede del sindicato, llamada Cuarenta Acres, en las afueras de Delano. Miles de personas lo visitaron. Trataban a Cuarenta Acres como un lugar sagrado.

Cuarenta Acres

Encendieron velas, colgaron símbolos y celebraron servicios religiosos. Pintaron las ventanas de la habitación de César para que parecieran las vidrieras de una iglesia. De día, César se quedaba en la cama, leyendo, durmiendo o tratando de trabajar. Por

las noches, se reunía con los visitantes. La gente hacía filas de dos horas para hablar con él. Las donaciones aumentaron a medida que se conocía el ayuno de César.

Pero no comer era duro para César. Tenía dolores horribles en la cabeza, el estómago, las piernas y la espalda. Perdió más de 30 libras. Helen le dijo que estaba loco. Estaba preocupada por su salud. Los médicos también se preocuparon. Incluso el senador Kennedy lo instó a detener su ayuno. Finalmente, pensó que ya era suficiente y terminó su ayuno después de 25 días, en una ceremonia en Delano Park, el 10 de marzo de 1968.

Helen y César Chávez con el Senador Kennedy (al centro)

Miles de personas, incluido el senador, se reunieron para compartir el evento.

Solo unos días después de que terminara el ayuno de César, el senador Kennedy anunció que se postulaba para presidente. César y Dolores Huerta lo apoyaron enseguida e hicieron campaña por el senador en todo California.

El 5 de junio de 1968, ambos estaban con Kennedy en Los Ángeles. Dolores incluso se paró a su lado mientras él daba un discurso. Pero cuando Kennedy abandonó el evento, fue asesinado a tiros. Fue una tragedia nacional. Muchos creían que ganaría la nominación demócrata, y tal vez la presidencia.

Robert F. Kennedy no fue el primer defensor de los derechos civiles en ser asesinado ese año. Martin Luther King Jr. había sido asesinado apenas dos meses antes. Ya César Chávez se había convertido en una celebridad nacional, por lo que su vida también corría peligro. Pero en lugar de esconderse, César usó su estatus de celebridad para presionar a los granjeros.

Llamó a un boicot aún mayor. Envió voluntarios de la UFWOC para difundir el mensaje en las principales ciudades de los EE. UU. e incluso en Canadá. César le pidió a la gente que no compraran las uvas cultivadas en el estado de California. Les recordó que las uvas en su mesa tenían un precio:

el duro trabajo de los pobres trabajadores agrícolas que sufrían en los campos.

Los voluntarios sindicales se reunieron con los alcaldes de las ciudades. Formaron grupos de seguidores en todas partes, incluidos estudiantes, empresarios, religiosos, políticos y amas de casa. Les pidieron a los piquetes que no solo boicotearan la compra de las uvas, sino también las tiendas que las vendían.

En 1970, los patronos habían perdido millones de dólares por el boicot. Muchos tuvieron que vender sus tierras. Los patronos de Delano ya no podían luchar contra la fuerza del sindicato y la atención nacional. Así que se reunieron con César para discutir las demandas de los trabajadores. Un grupo de patronos firmó contratos con la UFWOC.

El 29 de julio de 1970, los viticultores fueron a Cuarenta Acres. César se sentó con ellos frente a una gran multitud. Todos estaban contentos: la huelga y el boicot habían terminado. Ese día, el sindicato firmó contratos con 29 productores. La Gran Huelga de la Uva de Delano, como se le conocía, había durado 5 años. César nunca había planeado rendirse. "Íbamos a seguir con la lucha aunque nos llevara toda la vida", dijo. "Y lo decíamos en serio".

La huelga había sido mucho más que eso. Le había mostrado al país que los pobres y los

indefensos merecen los mismos derechos que todos los estadounidenses. Los huelguistas se sacrificaron mucho, pero también ganaron mucho. Los contratos prometían un salario de $1.80 por hora, un plan de salud, protección contra pesticidas y más. El movimiento de César mejoró la vida de miles de trabajadores agrícolas.

Ahora que la batalla por las uvas había terminado, el sindicato podía dedicar más tiempo a los trabajadores agrícolas de otros cultivos y que también habían estado buscando ayuda en la

UFWOC. César dirigió su atención a los campos de lechuga del Valle de Salinas.

Cuando los productores de lechuga vieron lo sucedido en Delano, permitieron que sus trabajadores se sindicalizaran. Pero en lugar de firmar con la UFWOC, los recolectores de lechuga firmaron contratos con otro sindicato, los *Teamsters*, que existían desde 1903. Su sindicato estaba formado originalmente por los choferes de

camiones. Pero sus dirigentes eran conocidos por no ser leales a los agricultores. Algunos afirmaban que se preocupaban más por los jefes y gerentes que por los trabajadores. A menudo fueron acusados de violencia e intimidación.

Así que César convocó a una huelga y boicot a la lechuga. En diciembre de 1970, César fue arrestado y encarcelado por ignorar una ley contra el boicot. En su celda, César leía, respondía cartas y se reunía con los visitantes, incluida la viuda de Robert F. Kennedy, Ethel, y la viuda de Martin Luther King

Jr., Coretta. Afuera, multitudes realizaban vigilias y mítines para apoyarlo. César fue liberado antes de Navidad. "Pueden encarcelarnos", dijo, "pero nunca podrán encarcelar a la Causa".

César Chávez y Coretta Scott King encabezan una marcha de boicot a la lechuga en la ciudad de Nueva York.

CAPÍTULO 7
Las protestas y La Paz

En la década de los setenta, César trasladó la sede del sindicato a La Paz, una tranquila comunidad californiana de 187 acres. César siempre había querido un lugar para que los miembros del sindicato vivieran en un ambiente pacífico. Allí, la gente compartía dormitorios, huertos comunitarios, cocinas, una iglesia y un centro educativo. El amplio espacio abierto le recordó a César su infancia en el rancho. También en esta época, el sindicato pasó a llamarse *United Farm Workers of America* (UFW).

Pero no todo en el sindicato era pacífico. César no siempre escuchaba las ideas de los demás. Si no estaban de acuerdo con él, los despedía. El sindicato luchaba contra los patronos en los tribunales de California, Arizona, Kansas, Idaho, Oregón, Florida y donde quiera que hubieran trabajadores agrícolas. Cuando expiraron sus contratos con los patronos, muchos trabajadores firmaron con el sindicato *Teamsters* en lugar de con la UFW. Eran tiempos difíciles, pero a Dolores Huerta se le ocurrió un nuevo eslogan para seguir adelante: ¡Sí, se puede! O sea, ¡sí, se puede lograr!

Por suerte, había un nuevo gobernador en California, Jerry Brown. El gobernador Brown se preocupaba por los derechos de los trabajadores agrícolas. ¡Parecía que César finalmente podría tener el apoyo que necesitaba del gobierno! Las leyes laborales nacionales en los Estados Unidos

Jerry Brown

aún no protegían los derechos de los trabajadores agrícolas a afiliarse a los sindicatos de su elección. El gobernador Brown estaba dispuesto a hacer algo al respecto. Reunió a la UFW, a los *Teamsters* y a los patronos en habitaciones separadas. Iba de habitación en habitación y les ayudaba a llegar a un acuerdo. El Gobernador Brown promulgó la Ley de Relaciones Laborales Agrícolas el 5 de junio de 1975. Finalmente, una ley protegía los derechos de los trabajadores a elegir el sindicato que quisieran.

En la década de los ochenta, César no solo había creado un sindicato para los agricultores. También le había demostrado al mundo que los pobres, víctimas del racismo y de leyes injustas, podían unirse, organizarse y lograr cambios en sus vidas. Sus logros fueron salarios más altos, vacaciones, planes médicos, baños portátiles y acceso a agua potable en los campos. Ahora podían ahorrar dinero y comprar sus propias casas. Sus hijos podían terminar la escuela secundaria y no trabajar en el campo como lo había hecho

César. Los mexicoamericanos incluso se estaban involucrando más en la política para ayudar a hacer las leyes que afectaban sus vidas.

En un discurso de 1984, César dijo: "Hemos mirado hacia el futuro y el futuro es nuestro". Se refería no solo a los mexicoamericanos, sino también a los latinos de países y territorios de habla hispana, como Cuba, Puerto Rico y República Dominicana, en todo Estados Unidos.

César continuó trabajando en otros problemas, entre ellos el uso de pesticidas en los campos. Volvió a ayunar, a partir de julio de 1988, para llamar la

atención sobre la causa. Tenía más de 60 años y se debilitó mucho durante los 36 días que no comió.

Los patronos continuaron usando plaguicidas. Pero César continuó dando discursos por todo EE. UU. sobre los problemas que enfrentaban los trabajadores agrícolas y el futuro de la comunidad latina. Cuando no estaba viajando, pasaba tiempo con su familia: 8 hijos y muchos nietos.

En abril de 1993, César tuvo que defender el sindicato en un juicio. Fue a San Luis, Arizona, cerca de donde había crecido. Se quedaba en casa de unos amigos.

Después de un largo día de interrogatorios, se fue a la cama. Cuando sus amigos lo despertaron por la mañana, descubrieron que había muerto mientras dormía. Su cuerpo se había debilitado desde su último ayuno. Tenía solo sesenta y seis años.

El 29 de abril de 1993, se celebró el funeral en Delano. Decenas de miles de personas acudieron. Una procesión de tres millas de largo caminó por las calles, llevando flores y banderas. El hermano de César, Ricardo, le construyó un ataúd de pino. Su cuerpo fue enterrado en La Paz.

Desde su muerte, César ha recibido muchos honores, incluyendo el Águila Azteca, el más

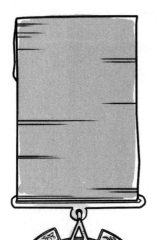

alto galardón otorgado por el gobierno mexicano, y la Medalla Presidencial de la Libertad otorgada por el presidente Clinton. Parques, escuelas, bibliotecas, calles, etc., llevan su nombre en todo EE. UU. La Marina incluso nombró un barco en su honor.

En 2012, el presidente Barack Obama convirtió La Paz, la sede del sindicato, en monumento nacional. También declaró el 31 de marzo, cumpleaños de César, como el Día de César Chávez. Hizo un llamado a todos los estadounidenses a celebrar los logros de César en todo EE. UU., ayudando en sus comunidades.

César Chávez se ha convertido en un símbolo de esperanza para los pobres y desamparados.

"¡Sí, podemos!"

En 2008, Barack Obama, inspirado por el eslogan "¡Sí, se puede!", utilizó un lema similar, *"Yes, We Can"* (Sí, podemos), para su campaña presidencial.

Sigue siendo una inspiración para los latinos de todo el mundo, y un héroe fuerte pero pacífico en la lucha contra el racismo en EE. UU. Demostró que las personas que se unen y hablan con una sola voz son más fuertes que las personas aisladas.

Cronología de la vida de César Chávez

1927 — Cesario Estrada Chávez nació el 31 de marzo en Yuma, Arizona

1939 — La familia de César deja su rancho en Arizona y va a California, donde trabajan en la agricultura como migrantes

1946 — Se une a la Marina y sirve durante dos años

1948 — Se casa con Helen Fabela el 22 de octubre y tienen ocho hijos

1952 — Conoce a Fred Ross y comienza a trabajar con él para la Organización de Servicio Comunitario (CSO)

1959 — Es nombrado director nacional de la CSO

1962 — Deja la CSO para iniciar la Asociación Nacional de Trabajadores Agrícolas (NFWA, por sus siglas en inglés)

1965 — Acepta sumarse a la huelga contra los viticultores del Valle de San Joaquín

1966 — Encabeza una marcha de 300 millas desde Delano hasta el capitolio de California en Sacramento en marzo y abril

1968 — Llama a boicotear las uvas cultivadas en California

1970 — Los viticultores firman contratos el 29 de julio, poniendo fin a la huelga de la uva de 5 años

1975 — El 5 de junio se aprueba la Ley de Relaciones Laborales Agrícolas

1988 — César ayuna durante 36 días para llamar la atención sobre el tema de los pesticidas

1993 — Muere en San Luis, Arizona, el 23 de abril

Cronología del Mundo

1910– 1920	Los mexicanos se levantan en armas en la Revolución Mexicana
1920	La 19ª. Enmienda de los EE. UU. otorga a las mujeres el derecho al voto
1929– 1939	La Gran Depresión golpea EE. UU., provocando desempleo y falta de vivienda
1952	*El De Havilland Comet 1*, el primer avión comercial de gran tamaño, comienza a transportar pasajeros
1953	Sir Edmund Hillary y Tenzing Norgay suben a la cima del Monte Everest, la montaña más alta del mundo
1959	Hawái se convierte oficialmente en el 50th. estado el 21 de agosto
1964	Los Beatles aparecen en *The Ed Sullivan Show* el 9 de febrero y comienzan la invasión británica en la música estadounidense
1976	Steve Jobs y Steve Wozniak fundan *Apple Computer Inc.*, que se convirtió en un líder mundial en computadoras personales y tecnología
1977	Se estrena la primera película de *Star Wars*
1980	El Monte Saint Helens, de Washington, entra en erupción, enviando cenizas y gas a 15 millas de altura
1989	Cae el Muro de Berlín en Alemania
1990	El telescopio espacial Hubble es puesto en órbita
1993	Los *Beanie Babies* salen al mercado por primera vez por *Ty Warner USA*

Bibliografía

* Libros para jóvenes lectores

*Brimner, Larry Dane. *Strike! The Farm Workers' Fight for their Rights*. Honesdale, PA: Calkins Creek, 2014.

Cesar Chavez. Directed by Diego Luna. Santa Monica, CA: Lionsgate, 2014.

Ferriss, Susan, and Ricardo Sandoval. *The Fight in the Fields: Cesar Chavez and the Farmworkers Movement*. New York: Harcourt, Brace and Company, 1997.

"Latino Americans." PBS.pbs.org/show/latino-americans.

Levy, Jacques E. *Cesar Chavez: Autobiography of La Causa*. New York: W.W. Norton & Company Inc., 1975.

Lindsey, Robert. "Cesar Chavez, 66, Organizer of Union For Migrants, Dies." *New York Times*. April 24, 1993. http://www.nytimes.com/1993/04/24/obituaries/cesar-chavez-66-organizer-of-union-for-migrants-dies.html (accessed September 2015).

Pawel, Miriam. *The Crusades of Cesar Chavez*. New York: Bloomsbury Press, 2014.

Sitios web

www.chavezfoundation.org

www.ufw.org